양구의 봄

최성희 시집

상상인 시인선 072

고양이는 왜 자꾸 배꼽을 물어 나를까
날개도 없는 별들이 왜 날아다니는 거지
파랑새들은 또 하늘을 뒤지나
별들이 쏟아진다

•본문 페이지에서 한 연이 첫 번째 행에서 시작될 때에는 〈 표기를 합니다.
•저자의 의도에 따라 작품의 보조 동사와 합성 명사는 띄어쓰기가 달라질 수
있습니다.

시인의 말

퍼즐 한 조각 같은
자음과 모음의 알갱이들
해리포터의 마법 빗자루처럼
그 언어의 알갱이들을 가로세로 연결하다 보면
기억 한 페이지에서 세월이 쏟아집니다
천 번을 잘리고도 살아나는 기억의 조각들
다인칭으로 천기를 누설하는 언어와 언어들
자음과 모음의 행간을
저울추처럼 달아 내리던 퇴고와 퇴고
밀려난 언어들이 밤새워
퍼즐을 맞춥니다
달빛 홀로 깊습니다

2025년 6월
양구 구암리 고을에서 최성희

차례

1부
한계령을 넘어온 듯 창문을 기웃거리는데

2부
지금은 부재중

3부
물소리

4부
당신의 첫사랑을 캐 보세요

1부

한계령을 넘어온 듯 창문을 기웃거리는데

졸고 있는 6월 햇살

고장 난 자전거에 졸고 있는 햇살 한줄기

페달에 두 발 얹은 6월의 태양

꾸벅꾸벅

홀로 사는 할머니처럼

햇살 아래서 졸고 있다

박인환 문학관에서

한계령을 넘어온 바람 한줄기
주막집 창문을 기웃거린다
버지니아 하늘을 돌아온 구름은
목마를 타고 떠난 숙녀의 옷자락인 듯
술잔 속을 아지랑이처럼 일렁인다
목마가 운다
가을비를 우울처럼 두르고
방울 소리가 페시미즘으로 펄럭이며 운다
이 가을엔 모두 어디로 떠나려는 걸까
바람에 쓰러져 간 술병들은 어느 행성에서
버지니아울프의 이야기를 나누고 있을까
사랑도 허무도 전쟁도
방파제에 부딪치는 파도 소리처럼 지나가고
벽에 걸린 시인의 바바리코트 소매 사이로
생과 사의 애환이 옵티미즘으로 살아난다
폐허 속 한 시대를 병풍처럼 펼쳐 놓은 벼루와 먹
시처럼 살다 간 세월을 술잔으로 돌리고 있다
문장 속 행간을 헤엄치는 우산들
구름도 바람도 빗물도 모두가
주인을 버리고 떠난 목마와 숙녀처럼

한계령을 넘어온 듯 창문을 기웃거리는데
그가 남긴 발자국
이 시대 큰 강물로 흐르고 있다

환상통

껍질을 벗지 못하면 죽는다는
한 생의 꼬리를 보았는가
가시에 찔렸거나 생채기가 도졌거나…

생채기 도진 것처럼 눈더미에 갇혀 버린 경칩
얼음 기둥을 세우고 있다
별빛 들락이는 얼음 기둥 창가에는
송곳니 같은 조각달 걸려 있다

봄이 온다는 건
시린 만큼의 몸살이 도지는 일이다
녹는 듯 하다가도 얼어붙는 얼음의 조각들

첫사랑일까
파도는 부서지고 무지개는 아른거리고
알사탕 같은 눈동자 저 하늘 속에서
자수정처럼 반짝이고 있다

봄이 온다는 건
남몰래 환상통이 도지는 일이다

알약 가루약 수소문해 보아도
일곱 빛깔 무지개를 다 우려 마셔도
파도는 부서지고 무지개는 잠든다

누구의 첫사랑이었을까
장미꽃 피기 전 가시 먼저 돋아나
신열까지 도지는 첫사랑이란 올가미
그 올가미 속에서 환상통
손톱 밑 가시처럼 도진다

길이 없는 길 위에서

개미 한 마리 먹이를 물고 간다
오르막 내리막 낭떠러지의 길을
뱃사공처럼 밀고 간다
어느 미로 같은 행성에 제집을 두었을까
제 몸보다 더 큰 빵 한 조각이
돛배처럼 출렁인다
사람의 입술과 혀 사이에서
별가루처럼 떨어진 빵 부스러기
그 한 조각을 보물인 듯 입에 물고
언덕을 넘어가는 저 숨 가쁜 몸짓
흙먼지 몰고 오는 그 언덕에는
개미의 집인 양 소나무 한 그루가
긴 목을 빼고 서 있다
나는 문득 내 살아온 언덕을 뒤돌아본다
상한 동아줄 같은 세상 인연을
시나브로 내려놓지 못하고
저 계곡의 바람처럼 흔들리고 있는가
산다는 건 흔들림이다
개미도 바람도 나도
흔들리면서 길을 찾아가는 것이다

오르막 내리막 낭떠러지의 길을
돛배처럼 출렁이며
내 아버지가 기다리는 하늘 궁전
그 궁전을 찾아가는 일이다

무섬마을* 외나무다리

모래톱이 탑처럼 쌓인 하얀 강가
물 위에 떠 있는 외나무다리에서
바람의 문장을 읽는다
자코메티의 조각상처럼 길게 늘어진 외나무다리
그 다리 위를 아슬아슬 건너가는 한 생
흔들리고 있다 외길에서

생과 사의 분기점을 돌아 나온 바람의 귀
구전 한 가락을 실타래처럼 풀어 놓는다
꽃가마 타고 건너오던 풍악 소리
꽃상여 메고 건너가는 회다지 소리
아다지오 아다지오 릴릭 레퀴엠
스크린 속 영상처럼 지나가는 웃음소리 울음소리

그 소리의 간극에서 나는 나를 찾는다
한 치 앞도 못 보고 살아온 내가 나를 찾는다
나는 없고 물소리만 아우성치고 있다

섬처럼 떠오른 무섬의 초가지붕이
돌담길 돌아가는 고택의 기왓장 같은 혼들이

먼먼 하늘에 닿아 있다

외나무다리를 건너온 깃털인 듯
학 한 마리 모래톱 하얀 강가에 내려와 앉는다
내성천 외나무다리가
풀꽃 같은 의문 부호로 펄럭이고 있다

* 경북 영주 무섬마을 내성천.

아킬레스 일기예보

구름 한 점 동그란 섬처럼 떠 있다
소슬바람에도 깃털같이 흔들린다
태풍으로 변할 거라는 일기예보
아킬레스다
잡아 줄 아무것도 없는 허공에서
낡은 천조각이듯 펄럭이다 사라질
난파선 같은 저 구름 한 점
울먹이는 눈시울이 상한 영혼처럼 애처롭다
달빛도 햇빛도 별빛도
내 마음까지도 부러뜨리는 태풍
어디까지 오고 있는 걸까
내 기억 한 조각 아킬레스다
칠흑 같은 밤에 우뢰와 같은 낙석음을
들었다 놓았던 사라호 태풍
간 졸이는 천둥소리
대바우골* 산사태를 내고 말았다
뿌리 뽑힌 나무들이 실금이 된 저수지
한순간에 터져 버렸다는 물난리
그 밤 일곱 살이던 나는
물에 잠긴 엄마 등에 업혀 태풍 속에서

길 잃은 산새처럼 울었다
뒤란의 높은 돌담을 몇 번이나 헛디디며
이웃집 담 너머로 넘겨주시던 엄마의 후들거리던 등
내 울음은 아직도 태풍 속에 있다
태풍이 온다는 소리만 들어도
피사의 사탑처럼 기울어지는 심장의 파문
허우적거리는 내 기억 한 모서리가
허공의 눈금을 더듬고 있다

* 경북 영풍군 소백산 자락에 있는 산골짜기.

상무룡 출렁다리*에서

한 줄 바람이 또 지나갑니다
파도가 바람의 발자국처럼 밀려옵니다

강기슭 갈대의 비늘들은
늪지를 돌아 나와 하늘을 날고
거목이 된 소나무와 갈참나무는
수만 세월의 파장을 정수리까지 밀어 올립니다
호수도 갈대도 소나무도 갈참나무도
한 방향으로 흔들리는 지상입니다

바람은 어떻게
저 많은 물결무늬 푸른 층계를 몰고 올까
파도가 방향을 바꿀 때마다
뱃머리를 밀어주던 오리 떼 원앙 물고기들이
출렁다리 위로 뛰어올라
카메라의 불빛을 터트리고

추억 한끝으로 내려서는 나룻배는
수천수만 개의 오픈 세리머니
물방울 공연으로 이 고장 수호신을 자랑하네요

〈

전망대 위에는
꽃잎처럼 둘러앉은 사명산 철새들이
조명등을 내어 걸고
귀 열린 찻잔들의 왁자한 웃음소리
졸고 있는 달빛을 헹굽니다

양구 서호마을로 굴러드는 입소문
상무룡 출렁다리가
일곱 빛깔 무지개로 떠오릅니다

바람을 쪼아 문 햇살 한줌도
빗장을 열어 주는 전망대의 조명을
연인인 듯 꼭 품어 주고 갑니다

* 강원 양구군 양구읍 다리 이름.

파랑새와 달

오늘은 기러기들 날아가는 밤이다
저 기러기들은 달에 정착하려고
날개 펄럭이며 간다는데

달 속으로 들어간 기러기들은
우리 오 남매 같은 저 기러기들은
달의 품이 사라졌을 때
서러워서 죽지는 않았을까

그날은 엄마가 회초리를 들었었다
회초리가 울고 문풍지가 울고
문구멍도 파르르 엄마도 울었다

국수 사고 남은 동전, 풍선껌 바꿨다고
세 살 버릇 여든 간다고…
사임당보다 더 엄격하던 어머니의 회초리
그날은 꽁꼬투리 같은 오 남매
회초리 앞에서 자지러졌다

단물도 못다 넘겼던 풍선껌

어머니 회초리처럼 저 달 속에 둥둥 떠 있다

그때 유년의 파랑새들
그 회초리마저 그리워
달 속으로 달 속으로 유영한다

달이 간다
기억의 파랑새들이 간다

모국어 한 음절

마을 어귀 느티나무 밑이다
평상에 앉은 백세 할머니의 귀
밤중처럼 어둡다
구순의 할머니 귀 문도
자물쇠로 잠궈 놓은 듯 캄캄하다

두 분이 주고받는 대화 한 음절이
우주 밖으로 밀려 나간다
안개등같이 뿌연 눈을 껌벅이며 더듬는 말들

"이번 추석에 막내아들 왔다 갔는가?
그람요 장가 갔지유
그랴 암만 바빠도 왔다 가야재
장가 간 지 오래 됐시유"

음파를 전달받지 못한 저 달팽이관
절반은 동문서답이요
절반은 주름꽃 웃음이다

바깥과 안의 경계에서 길을 잃은 귀고막

저 하늘 은하수에 빠졌는가
해독되지 못한 모국어 한 음절이
우주를 빙빙 돌고 있다

가을 한 모서리를 돌아가는 자벌레처럼

자벌레 한 마리 길을 간다
뒷발 뒤축에서 앞발 뒤축의 보폭이 둥글다
줄자처럼 꽁무니가 얼굴에 닿기까지
수천 번 접고 폈을 그의 몸짓
자벌레가 재고 오른 달의 한 뼘 길이다

그가 가려는 곳은 어디일까
할머니 전설 같은 이야기 한 토막
번개처럼 떠오르는 날이다
"자벌레가 사람의 발등에서 머리끝까지
키를 재고 오르면 그 사람 죽는단다"

의문 부호 같은 옛이야기 귓전을 맴돈다
"천 년도 지나간 어제와 같다"는 시편 속 한 경전으로
벌레 먹은 달이 흘러간다

자벌레는 어느 행성을 돌아가고 있는 걸까
짧은 해가 또 명줄을 내려놓는다
단풍잎이 떨어진다
〈

기러기 날개 같은 생의 한 폭이
자벌레처럼 달의 모서리를 돌고 있다
가을 한 모서리를 돌아가고 있다

소의 눈물

아버지를 따라 소를 팔러 갔었다
말고개 재 오르던 어미 소
그 눈가에 새끼 소 울음이 걸려 있었다
발이 떨어지지 않는 소
이랴이랴 걸음을 재촉하시던 아버지
그 아버지의 손에서
소고삐 팽팽하게 당기던 어미 소

아버지도 소도 고갯마루에 버티고 서서
등 뒤로 멀어지는 초가지붕을 꿈속인 듯 내려다보며
턱 끝에 찬 한숨을 땀방울로 피워 올렸다

"안다. 그래 나도 안다 새끼 키우는 내가
어찌 네 속을 모르겠냐마는…
젖 뗸 새끼 등 뒤에 두고 가는 네 속이 오죽할까"

말끝을 흐리시던 아버지
그 아버지는 소 잔등을 허기처럼 쓸어내리고
소도 아버지도 소리 없이 울고 있었다
그 울음의 등 뒤에서

꼴 다래끼를 원망했던 나
공부할 시간에 소 풀 베라 한다고
논두렁 밭두렁을 투덜투덜 오르내리던 나
책가방을 맨 아이들이 부러워
밭두렁 논두렁 밑에서 울던 나
그 소 없어지면 속 시원할 줄 알았는데

아버지가 우시는구나
소처럼 우시는구나…
무명초 같이 떠돌다 가신 아버지
이제 소도 가고 아버지도 가고
아버지 그 나이쯤 되어 나는 내 아들을 데리고
아버지가 넘던 그 고갯길을 넘어간다

낮달 속으로 아버지가
소 울음을 몰고 가신다

죽계구곡

구곡 다리 건너 소백산 오르는 길
그 길섶에도 찔레꽃 필까
찔레 순을 잘라 주던 오빠
그 오빠의 환영이 찔레 덩굴 속에서 걸어 나온다

꽃잎을 눈 나비처럼 날리며
양손 가득 건네주던 찔레 순
입맛 다시는 별들의 웃음소리
하늘이 둥그러진다

퇴계 이황이 지어준 이름 죽계구곡
아홉 구비의 물소리를 안고 도는 소백산 계곡
초암사 불경 소리는 소백산 능선을 깨우고
선비들의 글 읽는 소리 지친 영혼을 달랜다

이황도 선비도 오빠도
내 손 끌고 오르는 소백산 등고선
어느 별을 건너 어느 행성으로 가려는 걸까
찔레 넝쿨이 하늘에 닿아 있는 듯
찔레 향으로 출렁이는 계곡

〈

자수정처럼 돋아나는 웃음꽃들
죽계구곡이 찔레꽃 같은
오빠의 나비가 흐르고 있다

붕어빵을 굽는 한 사람

붕어빵을 굽고 있는 한 사람
걸음걸이도 언어도 밤길 더듬는 듯 어눌하다

그 사람 소문난 효자다
중풍으로 쓰러졌다가 지팡이에 몸을 기댄 어머니
태산 같은 한숨을
봄눈 녹이듯 달래주는 속 깊은 아들이다

참새 방앗간 들락이듯 단골이 된 이웃들
덕담 같은 이야기 한 토막
"장가는 가야지요" 하는 물음에
"에이, 자투리 인생인 걸요 뭘" 한다

빵 봉지를 건네주는 그의 목소리 한 음절이
왜 그렇게 내 마음을 울리는 걸까
도의 경지를 넘어선 듯
효의 길잡이 같은 그의 겸손
외모도 부도 명예도 먹먹하게 하는 그 말
나는 왜 그 말 한마디가 내 가슴 속에
골고다 십자가의 망치 소리로 들리는지 모르겠다

〈

요양원에서 먼 하늘나라로 떠나신 내 어머니
어떻게 뵈올까
네 부모를 공경하라는 십계명
먹고살기 바빴다는 이유 용서가 될까
철들자 망녕 같은 후회,
목 놓아 울고 싶은 날이다

"늦게 피는 꽃은 있어도 피지 않는 꽃은 없다"는 속담
믿어도 될까
언제쯤이면 자투리 인생이라는
그 효자에게도 복사꽃 같은 봄날이 올까
나무꾼과 선녀 같은…
평강 공주와 온달 같은…
그런 사랑 꽃피울 수 있을까

사과 흘림체

바람 편에 보내온 소식
흘림체의 다급한 필체로

"무신 누무 우박이 얼라 죽먹만 하다냐
사과 밭을 후자드러 올 농사 접었뻰네"

그해 가을
멀리에서 날아온 편지처럼
이모의 통증이 배달되었다

우박이 괴롭힌 사과 한 상자
검버섯처럼 거뭇거뭇한 흠집들
흠집 속에서 이모의 한숨이 뒤뚱거린다
코뼈 부러진 얼굴이 겹친다

사과의 상처는 흠집으로라도 아물었는데
맞아서 골병든 이모의 몸에는
옹이로 박혀 있다

달빛 든 날

우박처럼 내리치는 이모부의 주먹질을
서걱서걱 도려내고 있다

양구, 월명리를 아시나요

십 년이 더 젊어진다는 청춘 양구를
양구 청춘 월명리를 두드려 보세요
나룻배와 달이 맨발로 마중나옵니다

산그림자로 시간을 재던
쏘가리, 꺽지, 빠가사리, 버들치들이
노를 젓네요
어둠을 밀어낸 별들은 까르르 까르르
등불 같은 달덩이를 내걸고 환하게 웃어요

산허리와 허리 사이로
달빛이 지나가다 쉬어 가는 외딴 지붕은
첫사랑의 밤을 기억하듯 달빛이 수를 놓네요
양구로 오세요
달빛도 쉬어가는 월명리에서
꿈같은 당신들의 첫사랑을 캐 보세요

만년 청춘 양구로
양구 천년 월명리로
산새들도 다람쥐도 귀 세워 밤을 밝히는 월명리
십 년, 이십 년 젊어져요

백지

백지 한 장 빠져 나간다
시간에 밀린 백지는 휴면 중이다
소리의 윤곽이 숨어 있다

시간에 갇혀 헤어 나오지 못하다가
구겨진 얼굴 쓰러졌다가
언어를 찾아 길을 떠난다

나는 몇 번의 천둥을 맞은 후에야
저 높은 직관의 문에 닿을 수 있을까

별안간 치는 번개를 받아 안는다
언어의 번개 위에서 곡조가 탄생된다
햇덩이를 우려내는 번개의 탄생
하늘을 꽃피우고 있다

2부

지금은 부재중

속초를 새기다

물회 한 접시가 바다를 당겨온다

물 위로 떠오르는 문어 발가락에
파도가 출렁인다

해당화는 붉은 입술을 열고
해초들은 짠물에 몸을 절이고 있다

해송들이 둘러선 벤치에는
은백색 갈매기들의 울음소리 들려온다

모래성이 부서진다

바다 한가운데를 질러오는 파도 소리
문어발들이 기억 속에 걸려 꿈틀거린다

속초는 우리에게 영원한 밀물이다

칼디와 염소와 찻잔

속초 바닷가 나폴리아 카페에서
세 잔의 커피와 마주 앉았다
아메리카노 카페라테 에스프레소

에티오피아 목동 칼디와 염소와 내가
산삼 뿌리 우리듯
이비시니아 고산 그 골짜기의 전설을
커피 향으로 풀어내고 있다

염소 입술이 오물거릴 때마다
등불 밝히는 커피 알갱이들

목동 칼디는 얼마나 많은 별을 건너서
나에게로 온 걸까
은하가 파도치듯 출렁인다
염소 꼬리가 수평선으로 구부러진다

오래 접어 두었던 꿈의 행간에서
우리는 흔들리고 있다
목동도 염소도 나도 사랑으로 녹아든다

〈

마시면 마실수록 빠져드는 피리 소리
그 소리의 선율을 안고 펄럭이는 파도 소리
소리와 소리들이 찻잔과 전설 사이를
밀물과 썰물처럼 넘나든다

멀리 있어도 우리는 하나가 된다
우주 밖에 있어도 천 길 바닷속에 있어도
칼디와 염소와 찻잔과 나는 하나가 된다

말과 말의 고리

치악산 설악산 월악산

산꼭대기에는 누가 살고 있을까

천둥이나 번개의 사신일까

바람의 손톱일까

아니면 구름의 영혼일까

악명 자자한 이름들

만년의 설문을 갑옷처럼 두르고

소리가 소리를 오르내린다

햇살도 바람도 구름도 알고 보면 한통속

그 속의 악성 코드는 폭풍전야 질풍노도

가재는 게 편인 거다

어제는 천둥번개를 동반한

작달비 여우비 안개비에 별들이 떨어지고

오늘은 돌개바람에

하늘과 바다의 경계가 말풍선처럼 펄럭인다

고인 물도 파도치게 하는

박힌 돌도 굴러떨어지게 하는

소리와 소리들 세상이다

혓바닥 격투기 같은 세 치의 혀

어느 것이 자음이고 모음인지

고래 싸움에 새우등 터지는 격이다
산다는 건 전쟁이다
배를 몰고 산으로 가라는 건지
산을 안고 바다로 뛰어들라는 건지
겨울 끝으로 봄은 오는데
빗장을 열지 못하는 의문들
그 의문의 행간에서 길을 잃은 나
아라랏산을 바라본다
노아의 방주는 높은 산꼭대기에
어떻게 걸릴 수 있었는지…
올리브 이파리 물고 돌아온 비둘기
그 비둘기 햇살 같은 웃음을
언제쯤이면 받아볼 수 있을까
한줌 햇살이 사람보다 귀한 날이다

의문의 꼬리

어느 지인이 보내온 자서전 한 페이지가
한밤의 깊이를 세운다

"사자가 평원을 가로질러
질풍노도처럼 달려도
얼룩말 한 마리 쫓는 일이 전부라" 한다
효모 추출물 같은 그의 자서전
의문의 꼬리를 문다

나는 먹기 위해 살고 있는가
살기 위해 먹는가…

"나는 생각한다 고로 존재한다"는
데카르트의 명언 한줄기 바람처럼 지나가고
수많은 교회의 종소리를 울렸다는
칸트의 이성과 감성이 무지개인 듯 지나가고
평원을 가로질러 사자 한 마리 우박같이 지나가고
얼룩무늬 같은 내가 탕자처럼 지나가고
신의 말씀 한 구절이 번개처럼 떠오른다
〈

"사람이 떡으로만 살 것이 아니요
하나님 입으로 나오는 말씀으로 사느니라"

아~ 나는 배불리 먹고 즐기던 땅의 짐승
죽기 전에 내가 살아 내야 할 또 하나의
세상이 있음을 깨닫는다

창조주의 말씀 한 구절이
우주의 허공 같은 한밤의 의문을
풍랑 재우듯 재우고 있다

옛날 같으면

인공지능이 첨단을 달리는 세상에 칠거지악, 말이 되는가 사약 같은 족쇄 여자에게만 죄가 되는가 딸만 일곱 번째 낳아 놓고 눈칫밥을 소나기처럼 말아 먹었다는 그, "죄송해요 어머니…미역국은 넘어가냐? 내가 조상들을 어떻게 본다니" 훌쩍훌쩍 울고 있는 산모에게 귀신 씨나락 까먹는 술 주사 그 남편, "옛날 같으면 칠거지악 감이지 뭘 울어" 했단다 몸조리가 가시방석이었다는 그, 갈잎 같은 몸에서 찬바람이 분다는 그를 침상에 눕혀버린 허리 수술, 이불 속에서 한숨처럼 삐져나온 털양말, 허리 앓는 소리가 천 길 수심을 더듬는다

"옛날 같으면 한 밥상에서 어떻게 밥을 먹어 여자가" 그 말 한마디 했다가 말벌집 건드린 듯 왕왕거리는 처제들에게 꼬리 내린 남편, 누울 자리 보고 발 뻗는 거라는데 그 남편 배짱 한번 두둑하다

열 새끼 낳은 소 멍에 벗을 날 없다는데 철심 박은 저 허리로 꼭 낳아야만 하는가 아들을…족쇄의 종착역은 어디일까 칠거지악도 구석기의 발언도 말벌들의 왕왕거림도 욕심 하나 내려놓으면 천국인 것을, 윷놀이의 빽도

같은 욕심의 패, 가을바람 한줄기 혀를 끌끌 차며 지나
간다

뼈를 빼다

수술이 예약된 한쪽 다리 대기 중이다
마취를 기다리는 오 분 전
오 분 전 근심에 한 생이 빠져나간다

제 몸으로 불 밝히는 단풍잎처럼
오 분의 간격이 지구를 돌린다
초와 분 사이에서 수만 가지의 생각들이 핏빛으로 괴
롭힌다

삶의 무게로 기울어진 정강이를
지렛대처럼 받쳐 놓은 인공뼈
그 뼈의 뿌리를 다시 뽑아야 할 시간

수술대 위에는 칼 망치 톱 가위 바늘이
문풍지처럼 떨고 있는 내 심장을
찢고 빼고 두드리며
수십 년 걸어온 세월을 펴고 다듬고 꿰매야 한다는 붉
은 신호등

풍선처럼 부풀어 오르는 안테나의 촉수들

날 선 칼끝이 피의 반란을 부추기고 있다

파란에서 파란으로 넘어가는 길목에서
마취약이 눈을 감긴다
귀 문을 닫는다

행선지를 알 수 없는 회복실
통증이 하얀 두루마리 붕대를
건초더미처럼 두르고 돌아 나온 회복실은 낯설다

뼈를 빼낸 동굴은 텅 비어 있다
발을 내디디면 허공이다
허공 속으로 새살이 애기순처럼 차오르면
뛸 수 있다는 의사의 입술에서 피어나는
장미꽃 한마디

창문 밖 하늘에
두 다리를 가진 구름들이 달리고 있다

나무를 자르다

찻상 다리를 만들기로 했다
톱을 든 한 사람과 산에 올랐다
물의 분기점에 비를 세우듯
비양심의 분기점에 날을 세운 톱소리
한 생의 밑둥이 잘리고 있다
사시나무 떨듯 흔들리는 자작나무
우지직, 하늘 무너지는 소리
유언 같은 비명을 쏟아내며
내 양심을 묻고 있다
찻상를 만들자고 했던 나
톱질을 부채질한, 풍경을 약탈한
나는 공범인가 주범인가
죄 없는 자작나무가
유리 조각처럼 끝을 세운 내 입술에서
길을 잃었다
네 토막으로 못 박힌 찻상의 다리
귀 열린 찻잔 속으로
톱과 망치 소리 같은 내 비양심을
핏물처럼 우려내고 있다

물방울 여행

떡갈나무 잎을 타고 내려온

물방울 하나

큰 바다로 흘러가

파도와 논다

아버지 기침소리

소쩍새가 운다
소쩍 소쩍

고드렛돌 넘기시는 목소리

반창고 동여맨 손가락이 운다

한밤에도 발을 엮으시던
아버지의 시급은 얼마였을까

이 밤도 그 손으로 발을 엮으시는지

아버지 기침 소리 한 옥타브
하늘음표를 찍는다

콩깍지

눈에 낀 콩깍지 벗어지면 안다
그게 지옥이라는 걸

드르릉 드르릉 크
드르릉 크 크 크 컥 컥

고장 난 오토바이 시동 걸리다 멎는 듯
멎는 듯 하다가도 천둥처럼 살아나는 저 소리

이 해독되지 않는 언어의 행간과 행간 사이에서
멀어지는 견딤의 간극
내 잠은 밤으로부터 멀어져 간다

누가 감히 저 코골이의 칠전팔기를
멈춰, 라고 말할 수 있을까

견디다 돌아눕다 구부러지는 새우등
밤잠을 낮잠으로 빌려 쓰고도
드르릉이다

두 마리 늑대

어느 인디언 추장의 말,

그의 마음속에는 두 마리 늑대가 산다는데

착한 늑대 악한 늑대

누가 이길까

그건 그가 먹이를 준 놈이 이긴다는 말
그 말 내 신앙의 정곡을 찌른다

내가 어둠에게 둥지를 허락한 날부터
내 영혼 어디에도 없는 착한 늑대

나는 나를 한 달포쯤 굶겨야겠다

서천

가재가 구름을 잡는다
한 움큼 잡았다 놓치는 가재
바람이 눈치챌까 물 묻은 손을 털고 있다

열 겹 모래알을 열고
구름을 자르는 가재발의 만세
지원군 수초들의 함성이 하늘에 걸렸다

심판석에 앉은 봉화산
진달래가 깔깔 웃는다

사명산 노을은 배 한 척을 띄우고
울그락불그락 성난 구름을
달래고 있다

서천에는 통통 튀는 물방울들의 임파첸스

인공 관절에 철심 박은 내 무릎
물봉선처럼 살아났으면 좋겠다

지금은 부재중

핸드폰이 없던 시절
큰딸 안부가 궁금하신 어머니
전화를 하셨다

"아 여보시오"

지금은 부재중이오니 잠시 후에
걸어 주시기 바랍니다

실타래처럼 이어지는 어머니의 안부
"아 여보시요
지금은 부재중이오니…"

낭창낭창 구부러지는 메모리칩의 목소리
그 언어의 꼬리가 토네이도를 불렀다

"거 누가이껴
누간데 갸도 없는 집에서 쥔 행세를 하니껴
내 살다 살다 벨 꼬라지럴 다 볼세"
〈

한 시간 후에도
지금은 부재중이오니…

"조론 여시 같은 가시나럴 봤나
갸도 없는 집에서 항글량그치 새빠닥얼 나블거리고 있네
사위를 바까주란 말이다"

태산같이 믿었던 사위
바람난 줄 알았던 어머니 목소리
그날 천둥같이 저장된 불호령이 메아리를 몰고 온다

아날로그 세월을 기린처럼 살다 가신 어머니
목이 긴 어머니가 노을 속에서
안부를 물으신다

너희 집에 아직도 '부재중'이라는
그 가시나가 살고 있냐?

어머니 목소리 빈 허공에서
부챗살 같은 메아리로 쏟아진다

처서

모기의 입술이 돌아간다는 처서
한 끼 양식에 목숨 걸었던 종족들
곶감, 소리에 도망간 호랑이처럼
입술이 삐뚤어졌는가
하늘 높은 줄 몰랐는가
앵앵거리던 목소리 뒷걸음질친다
귀뚜라미 울음을 몰고 온 처서
퍼올려도 퍼올려도 붉다
이 가을,

별들의 배꼽

하늘을 뒤적이다 별을 쏟았다
나였던 그 별아이들은 어디로 굴러갔을까
구월 초하루는 몇 살이나 되었을까
밤을 바탕으로 쏟아지는 별들의 배꼽
해리포터의 마법 그 빗자루는 어디에 있나
별들의 입술을 쓸어 담다 보면
내 미로 같은 배꼽은 어디로 굴러가지
고양이는 왜 자꾸 배꼽을 물어 나를까
날개도 없는 별들이 왜 날아다니는 거지
파랑새들은 또 하늘을 뒤지나
별들이 쏟아진다
그 아이들의 에디슨 같은 궁금증
천체를 팔랑개비처럼 돌리고 있다

풍기역

열차가 바람을 몰고 온다
검은 연기를 뿜어내며 열차가 나를 싣고 간다

플랫폼에는 풀잎 같은 무명치마 한 자락이
펄럭이고 있었고
공부할 수 있다는 기대에 부푼 아이는
서울행 완행열차에 꿈을 실었다

해를 등지고 도착한 그 집은 달의 변두리
학교는 애저녁에 물 건너간 듯
부지깽이도 들고 뛰어야 하는 대농가
부풀린 그 할머니 풍선을 따라나서는 게 아니었다

흰머리 반백이 넘어도 뒤통수 치는 세상
한 가닥 부푼 꿈을 구름에 밀어 넣고 돌아오던 날
풍기역에는 비가 내리고 있었다
허기진 어머니 치맛자락이 비에 젖고 있었다

수십 년 세월에도 펄럭이는 어머니 환영
지워도 지워지지 않는 눈물 자국

또 아린 손가락이 된다
풍기역에는 완행열차가 있고
어머니가 있고 내 그림자가 있다

열차가 구름 속으로 내 꿈 한 조각을 밀어넣고 있다

3부

물소리

가까이 또는 멀리

구름이 흐르듯 흘러갔다
오 헨리의 마지막 잎새에서 중병을 앓던 존시처럼
창문 밖 담쟁이 이파리를 세던 그,
구름 속을 내 집처럼 기웃거리던 그,
그 영혼이 세상 인연을 벗어 놓고 갔다

그는 지금 어느 별을 지나고 있을까
바라던 천국 문에 닿았을까
신의 품 안으로 무사히 당도하였을까
하늘과 땅 사이는 구름의 터널이다

그의 아내가 외기러기처럼 운다
외기러기의 아이들도 운다

십 년의 병상을 창틈 기웃거리다 건너가던 그의 엄마
"인생은 짧다 일어나거라 일어나"
애간장 녹아내리던 엄마
피눈물로 젖는다

그가 잠들었던 창 너머 별 하나가 떨어진다

물소리

오봉산 계곡을 돌아들다
두 갈래로 떨어지는 폭포를 만났다
등고선 그 벼랑 끝에 안개등을 걸어 놓고
메기의 푸른 꿈을 산봉우리에 걸어 두고
물레방아처럼 떨어지는 폭포
몽블랑 트렉스타 캠프라인을 신고
산을 오른 연인들
저마다의 봉우리에서 몸을 달군 철새들
그 붉은 심장 소리로 떨어진다
벼랑 끝에 뿌리내린 물푸레나무 가지는
바위 등에 업혀 물방울을 굴리고
산허리를 돌아 나가는 블랙야크 한 무리
발자국 자국마다 물소리가 출렁인다
그 물소리가 잠자던 내 기억 한 페이지로 흘러든다
구곡폭포에서 만나자던 한 사람
만나 볼 수 있을 때까지 기다리겠다던
쪽지 속 한 문장
물방울 굴리며 걸어 나오는 환영
그는 몇 개의 봉우리를 건너서 여기까지 왔을까
두 갈래로 떨어지는 폭포의 음계

이룰 수 없는 한 문장이
비파 위 수금 소리로 펄럭이고 있다

첨탑에 걸린 낮달 같은 중독

꿀단지에 빠진 개미 못 나오듯
취기를 달고 살던 술 중독자
못 빠져나온다

밥은 안 먹어도 술은 먹어야 한다는 그,
손가락을 잘라도 도박은 해야 한다는 그,
그의 빗나간 중독이 날밤 세운다

공동묘지에는 정신없이 따라갔다가
어이없이 인생 마친 사람 가득하다는
그 아내의 하늘 무너지는 충고
소 귀에 경 읽기다

술 친구는 한잔 더 하자 부르고
도박 친구는 한판 더 벌이자 부르고
불나방처럼 파고들던 중독의 끝
간암을 불렀다

간암 말기란 판독 앞에서야 흐르는 눈물
물의 분기점에 비 기둥를 세운 듯

한 목숨이 간다

중독이란 뭘까

깜박했습니다

부엌으로 가다가
무엇을 가지러 가는지 깜빡 잊었다

빈 문고리 잡듯 허공을 잡고
장승처럼 서 있다

까마귀 고기를 먹었느냐던 엄마 목소리
휭~ 내 귀를 때리고 지나간다

어두운 기억에서 귀 하나 돋아나
움직이는 소리
움직이지 않는 소리까지도
연금술사의 주문처럼 불러내었으면 좋겠다

소머즈의 천리안 같은
뚜뚜뚜 전자음이 들리듯
확대되는 망원경이듯
햇귀 같은 귀 하나 반짝였으면 좋겠다

바람의 독경

청평사 오르는 산속의 한옥 카페
그 마당가에 통나무 등걸들
돌탑처럼 앉아 있다
무슨 소원을 담았을까
등고선처럼 새겨진 나이테
천둥 번개로 모와 각을 다듬은 듯
둥글게 한몸 된 듯
나이테 문향 둥글기만 하다
돌탑을 돌아드는 바람의 소리
염주알 굴리듯
먼 산 그늘의 독경 소리
아득하다

미역국 서사

동해를 닮았다
파도에 우려진 그리움 하나

육지 해녀의 물질도 몽돌 더듬는다
바다 내음 한가득

숟가락으로 파도 속의 추억을 따고

입안 가득
포말처럼 밀려드는 당신

수술

도구들이 증언한다
내 관절이 머니보다 중하다고…

증언들이 수술대에 올랐다
톱 망치 칼 가위 집게들
다 모여 현장 공증한다

찢고 자르고 두드리고 부수고
엉킨 생각들 솎아 내고

머니 닮은 줄기세포 하나 탄생한다

졸음쉼터

낮잠의 유혹이다

비틀거리는 차바퀴

잠의 모서리를 툭 치며 들어온다

깜박 졸음 번쩍 저승…

운전대의 심장이 풍선처럼 둥둥 떠간다

누구의 시너지로 만들어 놓았을까
고속도로 옆 졸음쉼터

빈 의자에 졸음을 털고 간 철새들의 깃털이 묻어 있다

깜박깜박
쪽잠이 앉아 있다

그 목소리

옛날 살던 돌담집 문 앞에서
어머니 목소리를 듣는다

"네 얼굴을 들여다보는 만큼
네 영혼을 들여다보아라
네 몸을 돌보는 만큼
네 영혼을 돌보거라" 하시던
어머니의 목소리
그 목소리를 찾는다

내 혀도 나를 속인다는
내 생각도 나를 속인다는
내 눈물에도 내가 속는다는
내가 내게 속는다 하시던 어머니의 목소리
그 목소리 이명처럼 울린다

세월을 돌아들다 길을 잃은 나
어머니 목소리마저 잃고
허공 같은
허공으로 떠난 어머니를 찾는다

밤바다

저 깊은 울음소리
시원의 땅에서
원시의 어둠을 토해내고 있다

철썩철썩 맞받아치는 소리

물 위를 걸어오는 바람의 발자국

뱃머리에 걸린 갈매기 울음

소리의 파편들이 부서져 내린다

조개껍질들은 모래밭에 뒹군다

주섬주섬 남루를 껴입은 어둠이
무수한 소리들을 방죽으로 내몰고 있다

쏴아 쏴아
밤바다가 그렇게 부서지고 있다
〈

부서지고 또 부서져도 나는 살아 있다

까치봉 한 자락을 물고 초록별로 내려앉아
짠물에 절은 심장을 헹구고 있다

파도는 붉은 사선을 긋지만
망루 닮은 나는
파도에 찢긴 시간을 걸러내고 있다

풀무와 화덕

"쇠는 주홍빛처럼 달구어졌을 때
때려야 날이 선다"

30여 년 만에 찾아간 고향집 마을
돌담집 그 마당에 서면
대장간 아저씨 불꽃 튀던 망치 소리가
메아리처럼 내 귓전을 울린다

그날 그 천로역전 같던 마당의 풍경이 불꽃으로 펄럭
인다
앵돌아진 북두칠성처럼 늘어섰던 농기구들
풀무와 화덕 앞에서 무슨 소원을 빌었을까

한줌의 재로 남길 불꽃 앞에서
불사조처럼 피어오르는 불무덤 속에서
쇳덩이가 엿가락처럼 구부러진다

낫이나 곡괭이같이 무딘 목숨 줄 이어가던
등 굽어진 골목의 돌담집 풀잎 같은 사람들
쟁기 몰고 돌아오던 워낭 소리는 사라지고

전설이 된 풀무와 화덕 환영으로 어른거린다
말보다 침묵이 더 시끄러운 날이다

몽학 선생처럼 찾아온 노을이 내 등을 툭툭 치며
이생의 인연이란
잠깐 보이다가 사라지는 것,
경전 한 마디 툭 던지고 넘어간다

속초 밤바다

미시령에서 속초를 바라본다
속초의 밤 바다가 하늘궁전 같이 화려하다
수천 개의 별을 하늘에 걸어 놓고
여행객들을 초대하듯
오징어잡이 배에 걸린 수백 개의 집어등이
물속에서 새 궁전을 세운다
하늘에서 별꽃을 달고 내려온 듯
나비 날개로 환생한다
별꽃 하나가 신호등처럼 손짓한다
빛과 어둠 사이에서 나는
수없이 일어섰다 가라앉는 물거품처럼
생의 편린들을 게워내며
넓은 바다를 건너고 있다
이 우주에서 나는 어떤 별일까
모래섬에 묻힌 별똥별일까
아라베스크 무늬 같은 모래알들의 층계
그 층계의 시간이 흘러내린다
꺼져 버린 액정 같은 별똥별 하나
큰 우주 공간에서 떠도는 비상 물체

그 비상의 광채 같은

큰 빛 한줄기로 떠오르고 싶다

연못 속에 내려온 하늘

하늘이 내려와 연못 속에 쉬던 날
수련은 구름 품에 잠들고
금붕어는 하늘에서 놉니다

심술바람 몰려와 연못을 깨울까
손 편지 고이 접어
수련 위에 둡니다

연못이 하늘로 돌아갈까 하여
수초水草군사 한 무리도
세워 놓고 갑니다

빈집 한 채

빈집 한 채 뒤에 두고
요양원으로 옮겨간 할머니
태풍으로 지붕이 날아갔다

빈집을 지키던 옷가지들이
할머니 해수 기침 하듯 가릉가릉
마당 한 켠에서 뒹굴고 있다

수돗가 모서리를 지키고 있는 세숫대야는
길고양이 울음소리로 울고
한때는 밥줄이었던 할머니의 호미가
헛간에서 허리 굽은 채 전설이 되어간다

빈집과 바람 사이
바람 앞에 촛불 같은 시간이
머뭇거린다

벌레 먹은 서까래가
삭이지 못한 오금으로
가릉가릉 서산에 걸려 있다

조약돌

바다로 굴러갈까
서랍 속에 넣어둔
조약돌 하나

비 오는 날이면
파도 소린가 하여

작고 고운 맨발로
걸어 나온다

촤르르
촤르르

그늘로 기우는 노을

칠 남매를 두셨다는 할머니
그 할머니가 밤나무 한 그루와 살고 있다
희미해져 가는 기억에 기대어
흩어진 기억의 밤톨 같은 돌을 줍고 있다
언제 어디로 튈지 모른다며 밤톨을 줍는다
실눈으로 더듬은 할머니의 하루
돌멩이 반, 밤톨 반
밀랍 같은 할머니의 기억이 노을로 깔린다
기다리는 자식들의 안부는 개똥지빠귀가 전해주고
산꿩 한 마리 꿩꿩 자기 이름 물고 재 넘어가면
할머니도 밤나무도 막차 떠난 정거장처럼 쓸쓸하다
자식들 소식은 아득히 멀고
산그늘 내려와 빈집에 둥지 틀듯
할머니 안부 묻고 돌아간다

4부

당신의 첫사랑을 캐 보세요

해물파전

소양강 나루터 통나무 집에
해물들이 파전 위에 꽃잎처럼 앉아 있다
바삭하게 몸을 달군 오징어 한 마디가
파도 냄새로 달려온다
새우등에서 파도가 부서진다
갈매기 울음소리도 파도처럼 들려온다
해물파전 속에서 살아나는 얼굴
할아버지 밥상에만 오르던 조기 한 토막
그 한 토막을 군침 삼키던 내 동생의 젓가락
그때마다 매를 맞곤 했다
세 살 버릇 여든 간다는 엄마의 회초리
회초리보다 더 무서운 엄마의 십계명
그 속에서 우리들은 어른들의 밥상을
쳐다보지도 못했다
해물파전 속에 스며든 그때 동생의 울음소리를
젓가락으로 집는다

양구의 봄

삼월, 생강꽃이 웃는다
산꿩 소리에 산이 귀를 열고
아기 옹알이처럼 피어나는 눈망울들
그 눈망울들의 선잠을 토닥이고 있다

사오월에도 눈발 펄럭인다는 양구
시집 못 간 시누이 시샘 같다는 꽃샘추위를
우수에 풀린 파로호, 경칩에 언다는 속담을
귀담아 두지 못한 나
동화 속 풍경처럼 낯설다

사월 양지에 내린 아지랑이 한줌
그 아지랑이 믿고 내어놓은 화분들
경기하듯 눈 위에 드러눕는다

산 넘어 춘천에는 벚꽃 세상인데
양구의 사월은 솜이불 덮고 잔다
여우 꼬리처럼 지나가는 양구의 봄
내 계절은 오작동이다
〈

소문 퍼트리는 개구리들의 떼창
오작동이 된 내 허물을 시누이 심술부리듯
와글와글 쏟아 놓는다

철책선 돌아 나온 고라니 한 마리
밭머리를 오래 서성이다 돌아간다

남도에서 이사 온 이방인 같은 나
개구리들의 떼창 속에
속울음 슬쩍 끼워 넣는다

키가 자라듯 말이 자란다

"내가 뭘 할 수 있겠어
조른다고 되겠어"

내가 나에게 던진 말이다
그 말 생선 가시처럼 명치끝에 걸려
한세월을 절며 간다

무심코 던진 돌멩이에
개구리 맞아 죽는다는 속담같이
그물과 싸워서 이길 수 없는 물고기 엉키듯
내가 나에게 던진 말 한마디가
의식의 골을 파듯 상처가 되었다

사십에 홀로 된 어머니는 품을 팔러 가시고
세 살 난 막내동생을 등에 업고
교실로 밭고랑으로 번개처럼 들락이던 나
수학여행도 포기해야만 했던 나

말의 뿌리가
가슴에 옹이로 박인 내 유년의 골방

그 골방에서 귀뚜라미처럼 울던 아이

그 울음소리는 엄마 가슴에 대못으로 박히고

내가 뭘 할 수 있겠느냐고 철없이 내뱉은 그 말

뼛속까지 아리다

대게 수족관

횟집 수족관 속에 대게 있다
가끔씩 저 마음에도 바람이 일어 깃을 턴다

한쪽 발 세우고
지나가는 바람을 잡는다

어제는 파도가 부서지고
오늘은 바람이 운다

대게는 무슨 생각을 하고 있을까

봄날엔 달빛 아련했던 수평선
하늘인지 바다인지
경계 없는 우주가 내 집이었는데

나누지 말아야 할 하늘과 바다를
떼어 놓은 수족관

대게의 눈빛이

한 발짝 내디디면 한 치씩 따라와
파도처럼 출렁인다

하늘 정거장

어머니 가신 지 십오 년
하늘 기찻길 아득하다

콩꼬투리 같은 오 남매를 홀로 키워 내신
어머니의 늑골
자식들 입속에 먹거리가 되는 일이면
이고 지고 팔러 가시던 어머니

밤새 엮은 고사리 몇 두름과 산나물
별빛 등불 삼아 갈아 만든 손두부 한 판도 싣고 간다

저 하늘 정거장까지 긴 레일로 이어진 길을
어머니의 행상 보따리가 그림자처럼 따라간다

바람길 눈길 빗길…
한 생의 무게를
덜컹거리며 밀고 간다

가벼운 흔들림에도 삐걱거리던 어머니의 관절
터널 속으로 들어간다

〈

어머니, 하늘역에 잘 닿으셨는지
구름 저편에서 보따리를 푸셨는지
하늘 한 모퉁이가 엄마의 얼굴 같다

그는 거기 없었다

한 목숨이 갔다
"이 길 외에는 방법이 없었다"는 쪽지 한 장
그 한 문장을 남기고
그는 수많은 관객들을 뒤로하고 무대를 떠나간다
영화 속 한 장면 같은 장례 의식
주역과 조연 사이에서 웃고 있는 초상화
없다 없다 그가 없었다
먹장이 된 배역들의 심장만
장대비처럼 가슴을 두드리고 있었다
그는 왜 세상 인연을 내려놓았을까
의문의 꼬리가 꼬리를 물고 산을 넘어간다

산다는 일이 결국 배역이고 죽음이라면
한 치 앞 누구도 모를 일이다
삶도 죽음도 누군가의 각본 대로라면
언제 어디서 어떻게 죽을 지 모를 일이다

마지막 남긴 한 문장의 피사체
대상이 없다

삼선짜장

툭.
나무젓가락이 부러진다

배 속이 국수 올처럼 꼬인다
돌덩이처럼 불어 터진 삼선짜장

삼선이 낯 붉히고
돌아앉는 그릇

이 굳은 짜장면이
삼=선이나 했다니

빈 장터

장꾼들이 떠난 오일장 장터
빈집처럼 쓸쓸하다
파 몇 단 호박순 몇 묶음으로 가난을 팔던 할머니
"한 단에 삼천 원, 이천 원" 모깃소리 같은 목소리
그 목소리가 오일장 한 모퉁이에서
환청으로 구부러진다
구십을 바라보는 할머니의 노상 품팔이
오늘은 다 팔고 가셨을까
시든 호박잎 한 묶음을 "천 원에 떨이 떨이"하시던
그 휘어진 목소리가
빈 장마당을 환청으로 떠돌고 있다

대신 울어 줄 수 없는 아픔 하나가 목에 걸려
밤을 뒤척이게 한다

엄마의 말처럼 내 아이들에게

우박이 총알같이 쏟아지던 날 오후
꿀벌들 제비들은 무사할까
일기예보는 그들의 안전한 귀소를
짚어 주었을까

다람쥐 청설모는 무사할까
그들의 곳간이 주저앉지는 않았을까
허기를 싸매고 드러눕지는 않았을까

서산을 내려선 노을처럼
내가 눈으로 확인하지 못한 안부를
태산 같은 걱정으로 묻고 또 묻는다

절망 중에라도 아니, 기절 중에라도
판도라의 상자 속 같은
모기 울음 소리 만한 맥이라도 뛰고 있다면
실낱 같은 희망이라도 잡고 있다면

그렇다면 살 수 있다, 내 아이들아!
오뚜기의 후손,
칠전팔기가 심장처럼 펄떡이면 된다

떠난 후

안개 자욱한 둑방길을 그가 걷고 있다

돌아보면 아내가 보이지 않는다
안개처럼 사라지고 없다
이승과 저승의 간극, 허공뿐이다
허공 속으로 풍선처럼 부풀어 오르는 후회

"있을 때 잘할 걸
있을 때 마음 편하게 해줄 걸"

홀로 걷는 둑방길에 그리움 싹으로 돋아난다
한 겹의 바람에도 떨어지는 꽃잎 같은 생
잃고 나서야 알게 되는 후회
흔들리는 사이와 사이들

시간의 발자국을 찾아가다 안개 속에 빠진 나
길 위에서 길을 묻는다
어떻게 살아가야 후회하지 않을까

바람이 분다

가을 언저리 바람의 길에는
때늦은 후회 한줄기가 두 뺨을 스친다

산사 커피숍

화덕 속 피자 익는
고즈넉한 산사 커피숍
슈베르트의 겨울 나그네
잔잔히 흐르고

이탈리안 에스프레소
기다림 녹인
오목하고 진한 향

고향 떠난 설움 달래고 있는가
벽에 걸린 새장에선
망향의 새가
커피 향 부리로 쪼아
잘게 부수고 있다

창밖으로 척박한 자리
비스듬히 서 있는 소나무
그림자 밟고 찾아온 낯선 바람이
너와 나를 스케치한다
화가인 듯 시인인 듯
우리는 시감이다

종이비행기

종이 한 장의 마음을 접어
하늘에 날린다

구름 터널 너머의 하늘 속으로
잔비늘 반짝이며 날아가는 종이비행기
바람이 나의 바람을 밀고 간다

종이로 접힌 새
노을 너머
바람의 공후를 뜯고 있다

바람과 종이 사이 바늘과 실이다

자존심 하나 툭툭 털어 접어놓으면
한세상이 열리는 것을…

나의 우주가 씽씽 눈을 뜨고 난다

산수유

꿈을 꾸는 나무가 있다

꽃송이도 없는 꽃의 그림자
그림자 속에는 빛들의 발자국
꿈을 그리는 중이다

파스텔처럼 꿈의 기운이
어른거리는 꽃의 그림자가
꽃송이 없는 꽃에 묻힌다

언제쯤 피느냐고 묻기 전
노을이 스러지듯 빛들이 숨어 버린다

무게도 꽃송이도 없는 꽃의 그림자

내 시가 그렇다
비밀과 사랑과 시를
하늘 끝자락에 풀어놓고
산수유 나무처럼 빛도 꽃잎도 꽃송이도 없다
〈

속살만 끓이는 내 무명의 시

곁에 있는 듯 멀리 있는 듯
속살을 끓이고 있다

밥 주세요

또릭 또릭

다급한 소리

배터리 잔량 십오 프로
충전하라는 소식이다

꼬르륵
밥이
생명인 것처럼

그런 본능

아기 다람쥐 한 마리가 그물에 걸렸다

아빠 다람쥐가 뛰어들고

엄마 다람쥐가 뛰어들고

가족 모두 그물에 걸렸다

다람쥐 집 창고에는 도토리들이

마냥 기다리고 있었다

자연의 숨소리로 시를 끓여 내는 시 세계

이영춘(시인)

1. 그는 왜 시를 쓰는가

최성희 시인의 시집『양구의 봄』은 2023년 강원문화재단의 후원으로 발간된『달의 문패』에 이어 두 번째 시집이다. 제1 시집에서도 언급되었듯이 최성희 시인은 매사에 성실한 노력파다. 그의 절대적인 신앙인 하느님을 섬기는 일에서부터 사회적 관계망에 관한 일, 그리고 시를 쓰는 일에 전심전력을 다한다. 흔히 우리가 말할 때 시를 쓰려면 '인간'부터 되라고 한다. 여기서 인간이란 그 사람의 됨됨이를 말하는 것이다. 최성희 시인은 한마디로 인간미가 넘치는 시인이다. 인간미란 무엇인가? 그 사람의 인성, 품성, 덕성을 두루 겸비한 사람을 일컫는 말이다. 최성희 시인은 사물의 이치를 궁구하려고 밤새워 공부에 전력하는 노력파다. 그 결실로 2023년에는 강원예총에서 후원하고 강원문인협회에서 주관한 '제61회

강원사랑시화전 작품공모전'에서 「박수근 빨래터에서」란 작품으로 대상을 수상하였다. 2024년에도(62회) 「박인환 문학관에서」란 작품으로 은상을 수상하였다. 시 쓰기를 시작한 지 몇 년이 되지 않아 이런 객관적 평가를 받는다는 것은 오로지 최성희 시인의 성실한 노력의 결과일 것이다.

이런 그에게 "왜, 그렇게 애써 시를 쓰려고 하느냐고?" 물었던 적이 있다. 최성희는 그동안 잊고 살았던 나란 사람을 찾아보려고 한다. 그리고 그 나我란 존재가 걸어온 발자국을 돌아보려고 한다는 것이다. 그 발자국 속에는 수많은 상처가 있단다. 그 상처를 치유하기 위해서 시를 쓰려고 한다는 것이다. 그의 이 말은 마치 모리스 불랑쇼가 한 말처럼 "글을 쓴다는 것은 끝나지 않은 자신을 발견하는 일"이라고 했다. 더구나 불랑쇼는 "시는 하나의 수련이다. 이 수련은 정신이고 정신의 순수함이며 모든 것과 맞바꿀 수 있는 공허한 의식의 발견이다."라고 역설했다. 모든 작가들에겐 저마다 글을 쓰게 된 이유가 있을 것이다. 그 이유를 한 번씩 되돌아본다면 자신을 다시 발견하는 환등幻燈이 될 것이다.

2. 양구, 월명리를 아시나요?

최성희 시인은 수십 년간 서울에서 살다가 몇 년 전 이곳, 10년은 젊어진다는 양구의 한적한 산山 고을에 터를 잡아 살고 있다. 그야말로 자연과 함께 새소리, 바람소리, 들풀들이 움직이는 소리, 별무리들의 발자국소리, 산이 우는 소리를 들으며 살고 있다. 마치 헨리 소로Henry David Thoreau의 월든walden을 연상케 한다. 그러므로 최성희의 시는 대부분 자연을 소재로 하였거나 또 그것과 연관된 시상을 이끌어 내어 쓴 작품이 많다.

양구에 있는 지명을 시 제목으로 붙인 「양구, 월명리를 아시나요」에서부터 「상무룡 출렁다리에서」, 「달빛을 도려내다」, 「산수유」, 「연못 속에 내려온 하늘」, 「속초 밤바다」 등 그 소재와 제재의 배경이 '양구'로 설정한 작품이 많다. 「박인환 문학관에서」란 작품은 양구와 인접한 '인제군'에 위치한 문학관이다. 제62회 '강원사랑시화공모전'에서 '은상'을 받은 작품으로 작품성이 뛰어나 이 작품부터 먼저 소개해 보고자 한다.

한계령을 넘어온 바람 한줄기

주막집 창문을 기웃거린다

버지니아 하늘을 돌아온 구름은

목마를 타고 떠난 숙녀의 옷자락인 듯

술잔 속을 아지랑이처럼 일렁인다

목마가 운다

가을비를 우울처럼 두르고

방울 소리가 페시미즘으로 펄럭이며 운다

이 가을엔 모두 어디로 떠나려는 걸까

바람에 쓰러져 간 술병들은 어느 행성에서

버지니아울프의 이야기를 나누고 있을까

사랑도 허무도 전쟁도

방파제에 부딪치는 파도 소리처럼 지나가고

벽에 걸린 시인의 바바리코트 소매 사이로

생과 사의 애환이 옵티미즘으로 살아난다

폐허 속 한 시대를 병풍처럼 펼쳐 놓은 벼루와 먹

시처럼 살다 간 세월을 술잔으로 돌리고 있다

문장 속 행간을 헤엄치는 우산들

구름도 바람도 빗물도 모두가

주인을 버리고 떠난 목마와 숙녀처럼

한계령을 넘어온 듯 창문을 기웃거리는데

그가 남긴 발자국

이 시대 큰 강물로 흐르고 있다

　　　　　　　　　-「박인환 문학관에서」 전문

최성희 시인은 1940년대 모더니즘의 기수로 주목받았던 시인 '박인환 문학관'을 관람하고 적잖이 감동을 받았던 것 같다. "시는 체험"이라는 릴케의 말과 같이 정서적 충격을 받은 '체험'은 좋은 글감이 될 수 있다. 최성희 시인은 박인환 문학관에서 박인환의 생전의 모습과 시와 함께 하던 생활공간을 재구성해 놓은 시사적詩史的 소재들을 보고 큰 감명을 받았던 것 같다. 박인환 시인이 주로 창작활동을 하던 마리서사를 비롯하여 바바리코트, 벼루와 먹, 술잔, 우산 등은 모두 그 문학관에 재구성해 놓은 자료들이다. 최성희는 박인환 시인의 도시적 비애와 데카당스decadence한 그 낭만적인 고뇌의 시 세계를 깊이 있게 인식하고 감상하여 이 작품 「박인환 문학관에서」를 탄생시켰다. 뛰어난 메타포와 상징으로 박인환의 시 세계를 재생하듯 승화시켜 낸 걸작으로 평가받을 만하다.

다음으로 최성희 시인의 시 세계를 압도하는 양구의 풍광과 자연과 어울려 사는 그의 시 세계를 감상해 보도록 하자.

한 줄 바람이 또 지나갑니다
파도가 바람의 발자국처럼 밀려옵니다
〈

강기슭 갈대의 비늘들은

늪지를 돌아 나와 하늘을 날고

거목이 된 소나무와 갈참나무는

수만 세월의 파장을 정수리까지 밀어 올립니다

호수도 갈대도 소나무도 갈참나무도

한 방향으로 흔들리는 지상입니다

바람은 어떻게

저 많은 물결무늬 푸른 층계를 몰고 올까

파도가 방향을 바꿀 때마다

뱃머리를 밀어주던 오리 떼 원앙 물고기들이

출렁다리 위로 뛰어올라

카메라의 불빛을 터트리고

추억 한끝으로 내려서는 나룻배는

수천수만 개의 오픈 세리머니

물방울 공연으로 이 고장 수호신을 자랑하네요

전망대 위에는

꽃잎처럼 둘러앉은 사명산 철새들이

조명등을 내어 걸고

귀 열린 찻잔들의 와자한 웃음소리

졸고 있는 달빛을 헹굽니다

양구 서호마을로 굴러드는 입소문
상무룡 출렁다리가
일곱 빛깔 무지개로 떠오릅니다

바람을 쪼아 문 햇살 한줌도
빗장을 열어주는 전망대의 조명을
연인인 듯 꼭 품어 주고 갑니다

＊강원 양구군 양구읍 다리 이름.

- 「상무룡 출렁다리」에서」 전문

이 시의 배경은 양구군 상무룡 2리 서호마을과 월명리를 잇는 출렁다리이다. 양구의 8경이라 할 만큼 그 풍광이 빼어난 곳이다. 상무룡 2리 서호마을은 1944년 화천댐 건설로 육로가 단절되면서 육지 속의 섬이 된 오지마을이다. 이 마을 주민들의 불편을 해소하기 위해 2019년 2월 총 공사비 130억을 들여 '상무룡 출렁다리'를 건설하였다. 길이는 335m 폭 2m로 파로호와 조화를 이루는 절경으로 이름난 곳이다. 최성희 시인은 이 출렁다리를 독자들의 호기심을 불러일으킬 만큼 그곳의 풍광을 한 폭의 그림처럼 승화시켜 냈다. 이번 시집에서 대표작이라 할 만한 수작秀作이다. 시행마다 절묘한 메타포로 그곳의 풍광과 심상image을 형상화함으로써 그 곳 풍광의 멋과 시의 멋스러움을 한껏 고조시켜 준다. 좋은 시란 이렇게 시적 대상이 되는 사물에서 '생명의 소리를 받아 적'을 줄 아는 시인을 일컫는 말이다. 이런 시를 쓸 수 있다는 것 또한 최성희 시인에게 양구라는 자연환경이 준 큰 선물일 것이다. 그리고 그를 양구에서 존재케 하는 이유가 될 것이다. 다음의 시는 또 어떤가.

십 년이 더 젊어진다는 청춘 양구를
양구 청춘 월명리를 두드려 보세요
나룻배와 달이 맨발로 마중나옵니다

산 그림자로 시간을 재던
쏘가리, 꺽지, 빠가사리, 버들치들이
노를 젓네요
어둠을 밀어낸 별들은 까르르까르르
등불 같은 달덩이를 내걸고 환하게 웃어요

산허리와 허리 사이로
달빛이 지나가다 쉬어 가는 외딴 지붕은

첫사랑의 밤을 기억하듯 달빛이 수를 놓네요

양구로 오세요

달빛도 쉬어가는 월명리에서

꿈같은 당신들의 첫사랑을 캐 보세요

만년 청춘 양구로

양구 천년 월명리로

산새들도 다람쥐도 귀 세워 밤을 밝히는 월명리

십 년, 이십 년 젊어져요

　　　　　　　 - 「양구, 월명리를 아시나요」 전문

　미당 서정주는 시인을 일러 "이미지image의 재벌가"라고 했다. 최성희 시인은 이미지의 재벌가가 된 듯 능수능란하게 시적 대상을 형상화하고 있다. "월명리를 두드려 보세요/나룻배와 달이 맨발로 마중나옵니다"에서부터 전 시행이 의인법과 활유법을 동원하여 그 메타포로 승화시켜 내고 있다. 그리고 "달이 지나가다/쉬어가는 외딴 지붕"을 끌어옴으로써 "첫사랑의 밤을 기억하듯 달빛이 수를 놓는다"는 발상은 순전히 최성희의 뛰어난 상상력의 메타포다.

　이 밖에도 '양구'의 풍경을 그린 작품으로 「양구의 봄」, 「빈집 한 채」, 「빈 장터」 등 많은 작품이 '양구'의 이야기로 시상을 전개한 작품이다.

3. 양구와 함께, 시와 함께!

소로Thoreau의 말 대로 시인은 자연의 서기이다. 우주공간에 웅대한 자연의 숨소리를 옮겨 놓는 행위가 그것이다. 최성희 시인은 한 10여 년간 양구라는 자연공간에 살면서 "자연의 서기"가 된 듯하다. 최성희의 눈에 띄는 사물들은 대부분 시적 대상물로 승화되어 있기 때문이다. 「그늘로 기우는 노을」, 「가을 한 모서리를 돌아가는 자벌레처럼」, 「물소리」 등의 작품이 모두 그렇다.

오봉산 계곡을 돌아들다

두 갈래로 떨어지는 폭포를 만났다

등고선 그 벼랑 끝에 안개등을 걸어 놓고

메기의 푸른 꿈을 산봉우리에 걸어 두고

물레방아처럼 떨어지는 폭포

몽블랑 트렉스타 캠프라인을 신고

산을 오르는 연인들

저마다의 봉우리에서 몸을 달군 철새들

그 붉은 심장 소리로 떨어진다

벼랑 끝에 뿌리내린 물푸레나무 가지는

바위 등에 업혀 물방울을 굴리고

산허리를 돌아 나가는 블랙야크 한 무리

발자국 자국마다 물소리가 출렁인다

그 물소리가 잠자던 내 기억 한 페이지로 흘러든다

구곡폭포에서 만나자던 한 사람

만나 볼 수 있을 때까지 기다리겠다던

쪽지 속 한 문장

물방울 굴리며 걸어 나오는 환영

그는 몇 개의 봉우리를 건너서 여기까지 왔을까

두 갈래로 떨어지는 폭포의 음계

이를 수 없는 한 문장이

비파 위 수금 소리로 펄럭이고 있다

-「물소리」 전문

최성희 시인은 어느 날 "오봉산 계곡을 돌아들다/두 갈래로 떨어지는 폭포를 만났"는가 보다. 전반부에서 "벼랑 끝에 뿌리내린 물푸레나무 가지는/바위 등에 업혀 물방울을 굴리고/산허리를 돌아나가는 블랙야크 한 무리/발자국 자국마다 물소리 출렁인다"고 산의 정경과 산을 오르는 사람들의 모습을 아주 리얼하게 묘사한다. 그러나 후반부에 이르러 비약시키듯 "그 물소리가 잠자던 내 기억 한 페이지로 흘러든다"고 회상한다. 그 회상은 "구곡폭포에서 만나자던 한 사람"을 인유引喩하는 것이다. '물소리'를 매개로 한 시적 발상과 시적 전환의 상승작용이 이 시의 묘미를 극대화 한다. 절창이다. 「가을 한 모서리를 돌아가는 자벌레처럼」, 「조약돌」은 또 어떤 경지를 이루고 있을까?

그가 가려는 곳은 어디일까
할머니 전설 같은 이야기 한 토막
번개처럼 떠오르는 날이다
"자벌레가 사람의 발등에서 머리끝까지
키를 재고 오르면 그 사람은 죽는단다"

의문 부호 같은 옛이야기가 내 귓전을 맴돈다
"천 년도 지나간 어제와 같다"는 시편 속 한 경점으로
벌레 먹은 달이 흘러간다

자벌레는 어느 행성을 돌아가고 있는 걸까
짧은 해가 또 명줄을 내려놓는다
단풍잎이 떨어진다

기러기 날개 같은 생의 한 폭이

자벌레처럼 달의 모서리를 돌고 있다

가을 한 모서리를 돌아가고 있다

　　-「가을 한 모서리를 돌아가는 자벌레처럼」 부분

꽃에도 꽃말이 있고 각종 동물도 그 동물과 연관된 의미를 유추한 속설이 있다. 예를 들면 '해바라기'는 희망을 상징하고 하늘은 나는 새 '매'는 재능을 상징한다. '뱀'은 신화에서 지혜와 이성logos을 상징한다고 한다.

최성희 시인의 이 시는 '자벌레'를 통하여 생生과 사死의 의미를 유추한 시로 인식된다. 그것도 어린 날 할머니가 들려주셨던 이야기를 떠올려 자신의 생을 돌아보는 인식이다. 이 시에서 화자persona는 "자벌레는 어느 행성을 돌아가고 있는 걸까"라고 의문문을 던진다. 이 의문문은 곧 이 세상에 존재하는 '자기 인식'의 확인이다. 바꾸어 말하면 "나는 어느 행성을 어떻게 돌아가며 살고 있는 걸까?"로 환의換意, 해석할 수 있다. 이것은 곧 자신의 생을 돌아보고자 하는 심상心想의 발로이다.

장꾼들이 떠난 오일장 장터

빈집처럼 쓸쓸하다

파 몇 단 호박순 몇 묶음으로 가난을 팔던 할머니

"한 단에 삼천 원, 이천 원" 모깃소리 같은 목소리

그 목소리가 오일장 한 모퉁이에서

환청으로 구부러진다

구십을 바라보는 할머니의 노상 품팔이

오늘은 다 팔고 가셨을까

시든 호박잎 한 묶음을 "천 원에 떨이 떨이"하시던

그 휘어진 목소리가

빈 장마당을 환청으로 떠돌고 있다

대신 울어 줄 수 없는 아픔 하나가 목에 걸려

밤을 뒤척이게 한다

-「빈 장터」 전문

칠 남매를 두셨다는 할머니

그 할머니가 밤나무 한 그루와 살고 있다

희미해져 가는 기억에 기대어

흩어진 기억의 밤톨 같은 돌을 줍고 있다

언제 어디로 튈지 모른다며 밤톨을 줍는다

실눈으로 더듬은 할머니의 하루

돌멩이 반, 밤톨 반

밀랍 같은 할머니의 기억이 노을로 깔린다

…(중략)…

자식들 소식은 아득히 멀고

산그늘 내려와 빈집에 둥지를 틀듯

할머니 안부 묻고 돌아간다

-「그늘로 기우는 노을」 부분

톨스토이는 "예술은 손으로 만든 작품이 아니라, 예술가가 체험한 정서emotion의 산물이다."라고 했다. 최성희 시인은 이렇게 생활 주변, 특히 '양구'라는 생활공간에서 정서적으로 체험한 일들을 소재로 하여 시를 탄생시켜 내는 재능 있는 시인이다.

하늘이 내려와 연못 속에 쉬던 날

수련은 구름 품에 잠들고

금붕어는 하늘에서 놉니다

심술바람 몰려와 연못을 깨울까

손 편지 고이 접어

수련 위에 둡니다

연못이 하늘로 돌아갈까 하여

수초水草 군사 한 무리도

세워 놓고 갑니다

-「연못 속에 내려온 하늘」 전문

우박이 괴롭힌 사과 한 상자

검버섯처럼 거뭇거뭇한 흠집들

흠집 속에서 이모의 한숨이 뒤뚱거린다

코뼈 부러진 얼굴이 겹친다

사과의 상처는 흠집으로라도 아물었는데

맞아서 골병든 이모의 몸에는

옹이로 박혀 있다

달빛 든 날

우박처럼 내리치는 이모부의 주먹질을

서걱서걱 도려내고 있다

- 「사과 홀림체」 부분

「연못 속에 내려온 하늘」은 자연물들이 한 덩이로 동화되어 노는 낭만적인 시다. "하늘이 내려와 연못 속에 쉬던 날/수련은 구름 품에 잠들고/금붕어는 하늘에서 놉니다"이다. 뛰어난 풍유적 발상이다.

「사과 홀림체」는 애련지심이 동動하는 시다. 화자는 이모로부터 사과 상자를 선물 받고 그 사과 속에서 멍든 사과를 발견한다. 멍든 사과에서 마치 "우박처럼 내리치는 이모부의 주먹질"에 맞은 이모의 상처로 의인화하여 그 상처를 "서걱서걱 도려내고 있다"라고 승화시켜 낸다. 옛날 우리의 이모들이나 어머니들은 얼마나 많은 주먹질의 상처로 살아왔던가! 문득 돌아가신 우리의 어머니들이 생각난다.

이 밖에도 최성희 시인의 「산수유」,「조약돌」,「바람의 독경」등의 작품은 모두 이 자연에서 얻어낸 자연의 기록물이다. 「산수유」에서는 인간의 꿈을 나무에 비유하여 "꿈을 꾸는 나무가 있다"고 했다. 「조약돌」에서는 "서랍 속에 넣어 둔/조약돌 하나"가 "비 오는 날이면/파도 소린가 하여//작고 고운 맨발로/걸어 나온다"고 앙증맞게 미학적으로 승화시킨 작품이다. 「바람의 독경」에서는 "청평사 오르는 산속의 한옥 카페/그 마당가에 통나무 등걸들"을 보고 '돌탑'을 연상한다. 그리고 그 '돌탑'에서 "독경 소리"를 듣는다. 상상력의 산물이 청평사 산사를 흔든다.

4. 가없는 사랑과 그리움의 성정

이 세상에서 절대적인 사랑은 부모 자식 간의 사랑이다. 그 사랑은 시작도 없고 끝도 없다. 그냥 내 몸에 흐르는 피血이고 심장이다. 최성희 시인은 이미 제1 시집『달의 문패』에서 부모님에 대한 사랑을 절절하게 노래한 바

있다. 특히 최성희의 어머니에 대한 회한의 정서는 심금을 울린다. 제1 시집에 실렸던 「콩 비지밥」이란 작품에서는 "허기진 노을이 어머니를 따라와/비지밥을 끓이고 있다/비지밥 속에서 묻어나던 어머니의 눈물/그 눈물 속에서/오늘 내가 울고 있다"고 어머니에 대한 회한의 정서를 그려내고 있다. 이번 시집에서도 어김없이 부모에 대한 사랑이 애끊게 솟아오른다. 다음의 작품을 보자.

어머니 가신 지 십오 년
하늘 기찻길 아득하다
…(중략)…
어머니, 하늘역에 잘 닿으셨는지
구름 저편에서 보따리를 푸셨는지
하늘 한 모퉁이가 엄마의 얼굴 같다

　　　　　　　　　- 「하늘 정거장」 부분

옛날 살던 돌담집 문 앞에서
어머니 목소리를 듣는다

"네 얼굴을 들여다보는 만큼
네 영혼을 들여다보아라
네 몸을 돌보는 만큼

네 영혼을 돌보거라" 하시던

어머니의 목소리

그 목소리를 찾는다

내 혀도 나를 속인다는

내 생각도 나를 속인다는

내 눈물에도 내가 속는다는

내가 내게 속는다 하시던 어머니의 목소리

그 목소리 이명처럼 울린다

세월을 돌아들다 길을 잃은 나

어머니 목소리마저 잃고

허공 같은

허공으로 떠난 어머니를 찾는다

-「그 목소리」 전문

어머니에 대한 그리움의 정서가 절절하게 승화된 시
다. 「하늘 정거장」은 제목에서 암시하는 대로 어머니가
하늘나라에 잘 도착해 계실까? 하는 '그리움'의 심상이
다. 어머니가 이 세상을 떠나신 지 벌써 십오 년이 되었
음에도 화자persona는 이렇게 애타게 어머니를 생각한다.

「그 목소리」에서는 어머니가 생전에 가르쳐 주시던

'목소리'를 인유한다. 이 시는 교훈성이 강하다. 교훈성이 있는 글은 인간에게 유용한 덕목이 됨으로 좋은 작품으로 평가한다. 여기서 교훈성이란 인간이 지켜야 할 도리 道理를 뜻한다. 위의 시 「그 목소리」에서 따옴표를 한 어머니의 말씀은 한 마디 한 마디가 잠언 같은 경구警句이다. 화자는 어머니의 말씀을 회상하면서 자신이 살아온 길을 반성한다. "세월을 돌아들다 길을 잃은 나/어머니 목소리마저 잃고" 자책하듯 반성한다. 최성희 시인의 '아버지'에 대한 사랑과 그리움은 또 어떠한가. 「소의 눈물」이란 작품을 통하여 감상해 보자.

아버지를 따라 소를 팔러 갔었다

말고개 재 오르던 어미 소

그 눈가에 새끼 소 울음이 걸려 있었다

발이 떨어지지 않는 소

이랴이랴 걸음을 재촉하시던 아버지

그 아버지의 손에서

소고삐 팽팽하게 당기던 어미 소

아버지도 소도 고갯마루에 버티고 서서

등 뒤로 멀어지는 초가지붕을 꿈속인 듯 내려다보며

턱 끝에 찬 한숨을 땀방울로 피워 올렸다

〈

"안다, 그래 나도 안다 새끼 키우는 내가

어찌 네 속을 모르겠느냐마는…

젖 뗀 새끼 등 뒤에 두고 가는 네 속이 오죽할까"

말끝을 흐리시던 아버지

그 아버지는 소 잔등을 허기처럼 쓸어내리고

소도 아버지도 소리 없이

울고 있었다

그 울음의 등 뒤에서

꼴 다래끼를 원망했던 나

공부할 시간에 소 풀 베라 한다고

논두렁 밭두렁을 투덜투덜 오르내리던 나

책가방을 맨 아이들이 부러워 밭두렁 논두렁 밑에서

울던 나

그 소 없어지면 속 시원할 줄 알았는데

아버지가 우시는구나

소처럼 우시는구나…

무명초 같이 떠돌다 가신 아버지

이제 소도 가고 아버지도 가고

아버지 그 나이쯤 되어 나는 내 아들을 데리고

아버지가 넘던 그 고갯길을 넘어간다

낮달 속으로 아버지가

소 울음을 몰고 가신다

- 「소의 눈물」 전문

　이 시에 나타난 화자의 심정과 아버지의 심정이 잘 나타나 있다. 아버지가 소를 팔러 가던 장면을 회상하며 그 아버지를 그리워한다. 특히 이 시에서는 '소'를 매개체로 하여 동물과 인간은 본능적으로 제 새끼(자식)를 사랑한다는 심리를 아버지의 말을 빌려 언술하고 있다. 산문시 형식으로 썼기 때문에 쉽게 이해할 수 있는 시다. 교훈적 의미를 함의한 좋은 시로 평가받을 만하다. 「아버지 기침 소리」에서는 또 이렇게 아버지를 그리워한다.

소쩍새가 운다

소쩍소쩍

고드렛돌 넘기시는 목소리

반창고 동여맨 손가락이 운다

〈

한밤에도 발을 엮으시던

아버지의 시급은 얼마였을까

이 밤도 그 손으로 발을 엮으시는지

아버지 기침 소리 한 옥타브

하늘음표를 찍는다

- 「아버지 기침 소리」 전문

    소쩍새는 올빼미 과에 속하는 새로 낮에는 주로 나뭇 가지가 무성한 곳에서 잠을 자고 밤에 주로 활동하는 새다. 그 울음소리가 매우 처절하여 한(恨)의 새라고도 한 다. 시로는 김소월의 "소쩍새"가 유명하다. 최성희 시인 의 아버지는 아마 소쩍새가 우는 늦은 밤까지 일을 하 셨나 보다. 그 일이란 짚이나 왕골로 자리를 매거나 발 (珠簾)을 만드는 일이다. 아버지의 목소리를 "고드렛돌 넘기시는 목소리"로 비유하여 아버지를 회상한다. "고드 렛돌 넘기시는 목소리" "반창고 동여맨 손가락이 운다" 와 같이 늦은 밤까지 일하시는 아버지가 매우 힘드셨을 것이란 의미를 암시한다. 그 암시는 "아버지의 시급은 얼 마였을까"라는 표현에서 구체적으로 언술된다..

「풍기역」이란 작품에서도 '어머니'에 대한 그리운 정서와 회한의 정서가 깊은 여운을 동반한다. "플랫폼에는 풀잎 같은 무명치마 한 자락이/펄럭이고 있었고/공부할 수 있다는 기대에 부푼 아이는/서울행 완행열차에 꿈을 실었다"// "해를 등지고 도착한 그 집은 달의 변두리/학교는 애저녁에 물 건너간 듯/부지깽이도 들고 뛰어야 하는 대농가"였다고 술회한다. 화자인 '아이'는 아마 공부시켜 준다는 말에 완행열차를 타고 서울로 갔던가 보다. 결국 공부를 못하고 돌아왔겠지만 그때 어머니와 작별인사를 하던 그 '풍기역'을 잊지 못한다. "수십 년 세월에도 펄럭이는 어머니 환영"이 떠나지 않기 때문이다.

5. 잠언 혹은 경구 같은 시

이상과 같이 최성희 시인의 시 세계를 살펴보았다. 최성희의 시는 그의 인성과도 같이 인간미가 넘치는 시가 많다. 여기서 인간미란 말은 그의 시에는 교훈성을 띤 진실한 작품이 많다는 뜻이다. 또한 그는 신실한 크리스천이기 때문인지 삶의 어떤 잠언 같은 시구詩句가 그를 증명한다. 앞에서 언급한 「그 목소리」란 작품에서 "네 얼굴을 들여다보는 만큼/네 영혼을 들여다보아라/네 몸을 돌보는 만큼/네 영혼을 돌보거라"라든가 "내 혀도 나를 속인다는/내 생각도 나를 속인다는/내가 내게 속는다" 시행은 모두 잠언 같은 경구의 시다. 또한「가을 한 모서리를 돌아가는 자벌레처럼」에서는 "천 년도 지나간 어제와 같다는 시편 속 한 경전"이라는 경구를 인용한다. 또「말과 말의 고리」란 시에서는 이렇게 표출한다.

"빗장을 열지 못하는 의문들/그 의문의 행간에서 길을 잃은 나/ 아라랏산을 바라본다/노아의 방주는 높은 산 꼭대기에/어떻게 걸릴 수 있었는지…/올리브 이파리 물고 돌아온 비둘기/그 비둘기 햇살 같은 웃음을/언제쯤이면 받아볼 수 있을까"라는 표현과 같이 말 많은 인간 세상에 대한 회의懷疑적 경구다. 좋은 시는 독자들에게 훈訓이 되고 깨우침이 되고 진리가 된다.

고려의 승려 무의자 혜심은 "은하수를 길어 차를 끓인다"고 했다. 최성희 시인도 양구의 오봉산을 끼고 도는 강물 소리와 산바람 소리와 풀꽃들의 숨소리와 달빛 흘러가는 소리로 더욱 아름다운 시를 끓여 내기를 기원한다. 그리하여 '양구'라는 그 찻잔 속에서 피어오르는 은은한 향기가 온 세상에 물결치기를 염원한다.

상상인 시인선 072

양구의
봄

지은이 최성희

초판인쇄 2025년 6월 19일 초판발행 2025년 6월 28일

펴낸곳 도서출판 상상인 편집주간 황정산 펴낸이 진혜진

표지디자인 최혜원 기획·마케팅 전은빈 최유림 노혜림 정현수

책임교정 종이시계 편집 세종PNP

등록번호 제572-96-00959호 등록일자 2019년 6월 25일

주소 06621 서울시 서초구 서초대로74길 29, 904호

전화번호 02-747-1367, 010-7371-1871

팩스 02-747-1877 전자우편 ssaangin@hanmail.net

ISBN 979-11-93093-96-2 (03810)

값 12,000원

* 이 책은 강원특별자치도, 강원문화재단의 후원을 받아 발간되었습니다.